수월한 계절은 없었다

인영

봄을 챙겨서 너에게로 간다

슬픔은 여름을 만나 찬란해지고

가을엔 엄마의 이름을 불렀다

겨울의 온기를 건져 올리며

남은 계절의 조각들

맺음말 139

늦여름의 언덕을 지나며 쓴 글들

1부

봄을 챙겨서
너에게로 간다

우연한 합주

주말 아침

일상을 딛고 서는
비일상의 순간

바람에 하느작거리는
안방 보라색 커튼

빛이 접혔다 펴졌다
할 때마다

싱그러운 바람
솔솔 불어온다

거실에 앉아
기타줄 맞추는 신랑

잔잔한 멜로디 선율에

얹히는 코러스

창문 너머
새소리 들린다

실외기 위에
쪼르르 앉아있는 새들

남편이 기타 칠 때마다
지저귀는 새 한 쌍

선율을 날아오르는
이야기 장수들

봄을 기억해

꽃이 소나기로
내리는 날이야

우산을 안 쓰고
꽃비를 맞으면

금세 머리 위
꽃다발이 생기는

마침내 모두가
꽃이 되는 날

나에게로 온
무수한 꽃잎들

두 팔 벌려
맞이할래

눈부신 환대

꽃밭 여기저기
날아다니다
두 팔 가득
나를 반기는

유유히 날다가도
나만 보이면
품안으로 날아드는
너라는 나비

눈부시게
반짝이는 너의 날갯짓 속에
내가 서 있다

나의 파랑새

화실에 앉아
캔버스 위에
잎이 풍성한 나무 한 그루
그려본다

갑자기 날아와
나뭇가지에 앉은 파랑새

혼자 외로이 앉아있는 게
안쓰러워서 옆 가지에
한 마리 더 앉힌다

구름 한 점 없는
파란 하늘도 그려주고

허기진 배 채우라고
앵두나무 한 그루 채워주고

나란히 옆에 앉아
조잘대는 파랑새 두 마리
정겹기만 하다

무슨 이야기 하나
귀 기울여 보아도

내 귀엔
들리지 않는 소리

해 질 무렵엔
한쪽 날개를 퍼득거리며

창공을 향해
멋지게 날아 오른다

남아있던 새도
쭈뼛쭈뼛하더니 결국

용기를 낸다

지금은
어디쯤 가고 있을까

나의 파랑새야
잘 가

만 원의 행복

금요일이면
길 따라 늘어선
알뜰 시장

줄줄이 자리잡은
맛깔난 음식 뒤로

오늘도 그 앞에
오도카니

나에게 주는
만 원의 선물

특별한 서프라이즈
장미 한 다발

네 덕에
우쭐한 기분으로

금요일을 보낸다

야광네일

다섯 손가락
꼼지락거리면

이리저리 퍼지는
투명한 빛

불 끄고 누우면
조각조각 떠다니는
다섯 개의 별

깜깜한 바닷길
풍랑을 만난
한 줄기 등대

추운 겨울밤
눈보라를 만나
피어난 북극성

>

글쎄

반짝이는 손이

별처럼 빛난다

은하수가 되어

우리 그이는 1

우리 그이는

머리가 까만 까마중

반듯하게 깎아 논 밤톨 같은

조신하고 동그란 얼굴

몽글몽글 뭉게구름처럼

뽀얗게 차오른 피부

이마 위에서 날갯짓하는

두 마리 갈매기

찐한 쌍커풀을 덮는 반 뿔테 안경

선명한 입술 선

앙다문 입술

웃을 때 한쪽만 깊게 팬

보조개가 섹시하다

우리 그이를

이렇게

자세히 보기까지

참 오래도 걸렸다

춘분

따사로운 햇살
흐드러진 원피스
입술을 감는 봄바람

버스 안, 창문 밖

개나리 꽃망울로도
벅차오르는 마음

봄바람 타고
퇴근하는 길

고 바람 한 움큼 안아다가
그대로 집에 데려가고 싶다

우리 그이는 2

커다란 산

꿈을 향해 앞으로 전진하는

우리 세 가족의 버팀목

같은 사람

인생이라는

커다란 배 위에

기꺼이 함께 올라탄 사람

때로는 거친 파도에 휩쓸릴 때도

때로는

커다란 빙하에 부딪혀

배가 부서질 때도 있겠지만

시린 내 손에

한 줌의 햇빛을 따다 줄 사람

그 손 안에

품은 빛으로

우리 아이들 손에 채워줄 사람

그런 사람이라서

「ㅇㅇ」

광교산 정상에서
"야호" 부르니
반대편 능선에서
"야호" 대답한다

산에서
내려와 집 가는 길

이번엔 카톡으로
"아들 오늘은 집 올 거지?"

"ㅇㅇ"

아리송한 대답

지켜보겠다는 뜻인가

그래도 고마워

썸 타니 너네?

아침 산책길에
우연히 만난 비둘기 한 쌍

새하얀 비둘기
도도하게
종종걸음 앞서 걷고

회색 비둘기
꽁지 쫓아
졸졸 걸어가네

인도를 통째로 빌렸는가

정중앙에 자리잡고
썸 타는
두 마리 비둘기

'너네 딱 걸렸어!'

>

세상이 둘에게만

느리게 흘러간다

함께 살아간다는 건

"당신한테 나는 어떤 사람이야?"

"대궐 같은 집에서 마누라 없이 사는 것보다 초가집에 살아도
너랑 사는 게 행복이지. 네가 있는 곳이 나의 집이야."

사람이 사람에게
집이 되어줄 수 있을까

"그럼 당신한테 나는 어떤 사람이야?"

"내가 따뜻한 태양이라면 당신은 광활한 우주 같아"

만족스러운 웃음 짓는다
동갑내기 우리
어릴 땐 죽어라 싸웠는데

변화무쌍한 시간들
살다 보면 금세 살아진다

꿈의 꽃

평범한 아파트 단지
눈부시도록 만개한 벚꽃

설레는 마음으로
셀카 한 장 찍는다

주말에 신랑하고
또 찍으러 올게

주말이 오기도 전에

바람 한 번
봄비 한 번 내리고 나니

하룻밤 사이에 사라져버린 너

나 없던 밤에
차가운 아스팔트 위에서 나뒹굴다

바람 속으로 사라져 버렸니

쓸쓸했던 나에게
반짝이는
하루를 선물같이 주더니

아무런 인사 없이
떠나간

피어나는 순간
덧없이 살다가
떠나가버린 당신

세월은
그렇게
모두에게 야속하구나

인생은

일장춘몽이라더니

생일
부제: 환희에게

네가 태어난 날
온 세상에 꽃가루가 터졌다

꼬물거리는
작고 예쁜 녀석

커다란 눈망울이
어찌나 반짝이던지

아침부터
소고기 미역국 끓이고
지글지글 불고기 볶고
아들 위해 차린 생일상

"엄마 낳아주셔서 감사합니다"

노오란 소국 한 다발
부드러운 꽃잎 사이로 손을 내민다

생일마다
엄마에게 꽃을 선물하는 아들

너의 생일에는
늘 우리집에 꽃이 핀다

꽃가루가
터진 그날처럼

방안 가득
꽃 향기
그득한 날

오지 않는 당신을 기다리며

펄펄
날리는 꽃잎들

아파트 단지가
온통 벚꽃길

예전엔 종종
함께 꽃길을 걸었는데

당신이 일하는 동안
몇 번의 계절이 피었다 지고

그래도
꽃 피는 봄만큼은
함께였으면

잠잠히 생각하다

결국은

나 혼자 셀카중

푸른 달 붉은 장미

5월의 창천 아래
빛나는 초록 경치

푸른 담장 넝쿨 속
흐드러지게 피어 있는
붉디 붉은 보석

평소라면
쌩하니
찬바람 날리며
지나갈 사람들이

선명한 붉은 빛에
발걸음 멈추고
네게 반하는 시간
딱 3초

인생이라는 원피스

10대 때 나는
아주 조용하고 내성적인 친구

20대 때 나는
단정한 요조 숙녀
부지런한 소개팅

30대 때 나는
사랑 받는 내조의 여왕
주말 부부에
아들들 잘 키워내고
양쪽 부모님께 효도하는

40대 때 나는
그저 그냥 아줌마

코스모스같던
나는 어디로

억세고 질긴
잡초만 남았네

50대의 나는
그야말로 물 만난 자유 부인

애들 다 키워내니
할일 다 끝났구나

이젠 갱년기와 투쟁하며
두려울 일이 없는 여자

세월이 흐르며
갈아입는 원피스

긴 세월 동안
함께 길어지는 원피스

>

사계절 같은 인생

강산이 변할 때마다

새 옷으로 갈아 입는다

60대의 나는

어떤 마음을 입을까

이제 다음으로

갈아 입을 시간이다

매화

봄이 올 때마다
찾아오는
반가운 벗이여

어디쯤 오셨소

계절이 바뀔 때마다
울적한 나에게

당신은
늘 고운 벗이요

세월은 이미
떠난 화살

그럼에도
당신은 늘 그 자리에서
나를 변함없이

응원해주었소

뉘엿뉘엿 지는 해도
당신만의 그윽한 향기도
여전히 나를 취하게 하니

당신이 떠나도
나는 이곳에서

변함없이 날 응원해
주었듯

당신을 기다릴 테니
천천히
조심히 오시오

2부

슬픔은 여름을 만나
찬란해지고

부유하는 세계

매순간 지금처럼
함께할 수 없음을 안다

텅 빈 세계가 된다는 건

아마도 너를
평생 볼 수 없다는 것

누군들
이별에 빚을 진다

언젠가
비행기 접듯
마음을 접어
겨우 날려 버려도

혼자가 아니라고 할 수 있을까

공허 속에

어떠한 소리도

남지 않는다면

그때는

무엇을 지탱해야 할지 모른다

이름을 찾아요

언젠가부터
이름표는 사라지고
꼬리표를 달았다

1남 2녀의 장녀로
장씨 집안의 막내 며느리
사업가 남편의 아내
두 형제의 엄마

옆만 보고 달리다 보니
사라진 내 이름표
어디로 갔는지

인생의 절반
이제는
하나의 이름으로 남고 싶어

뒤에서 밀어주기 바빠

내가 뒤처지는 줄은 모르고

나만
여전히 달고 있는 꼬리표

진짜 아들 가짜 아들

밥 먹은 지
한 시간도 안 지난 것 같은데
속이 텅 비었다

무릎 나온 추리닝에
모자 하나 달랑 쓰고
편의점으로

삼각김밥에 소세지 하나
계산대에 올려둔다

침대 밖은 전부 귀찮아

종일 휴대폰과 한 몸으로
이리 뒹굴 저리 뒹굴

둘 중에 누가 내 아들인지
가끔은 헷갈린다

>

휴대폰처럼 작으면

주머니에라도 넣어 다니지

투박해도 다정히

천천히 가도 될 텐데
성급히 찾아온
호르몬의 변화

푸석해진 머릿결
건조해진 피부
밤마다 뒤척이는
불면증
시시때때로
훅 치고 올라오는 감정기복

까맣게 탄
바짝 마른 장작더미처럼
바닥이 훤히 보이는 체력

자기 몫을 다하고
흘러내리는 양초처럼

나도 모르게
흘러내리고 있었나보다

그래도 다행이야

한 발자국 움직일 때마다
따라붙는 그림자
뒤로 옮겨 놓는 너라서

그래도 다행이야

햇살 가득한 창가
흩날리는 커튼처럼
빛이 드는 계절이라서

그러니, 부끄러워도
투박해도 다정히 엄마를 불러 주렴

한낮의 고요

혼자 먹는 밥
식탁 위의 외톨이

혼자는 싫어
너무 쓸쓸해

혼자는 싫어
너무 맛없다

우리집 식탁 의자는
네 개인데

채워지는 의자는
겨우 하나뿐

돼지 저금통에
지폐 먹이듯

오늘도 꾸역꾸역

하늘의 무게

출근길에
남편에게 걸려온 전화

"문득 쳐다본 하늘에 엄마 얼굴 떠올라 너무 슬프다"

오랜 투병 끝
가장 먼 별이 되신 어머니

우연히 찾아온 치매
순식간에 어린 아이가 되어

평생을
사랑만 했던 가족도
가장 낯선 존재처럼

남을 사람들에게
정이라도 떼려고 그러셨을까

가끔

잠에 들면 보이는 어머니

방에는

어머님 손때 가득한

오래된 성경책만 남아있다

절인 오이지

요란한 천둥번개 소리
시커멓게 번져가는 하늘
비바람이 휘몰아치니
커다란 나무도 휘청거린다

점점 거세지는 빗줄기
성난 바람에
우산도 날아가고

종일 요란한 빗줄기에
심란할 때쯤

일 마치고 퇴근한 신랑도
학교 파하고 집에 들어선 아이들도
김치 냉장고 속
절인 오이지 같다

엄마의 주말은

따끈한 밥
윤기나는 반찬
잘 개어진 빨래
포근한 수건

남편은
매일 직장생활 한다고
주말에 쉬고 싶다고
꼼짝 안 하려 하고

아들 두 녀석은
매일 학교에 학원에 지쳤다고
주말에는 놀러 나간다 하고

엄마는
집에서 매일
놀고 싶을 때 놀고
자고 싶을 때 자고

일 안 해서 좋겠다는
철부지 아이들

하루 24시간
매일, 종종걸음으로 살아도
티도 안나는 집안 살림

작은 핸드폰도
방전되면 충전해야 하는데

먼지 한 톨 없는
이 집을 건사하는 엄마도
가끔은 휴식이 필요해

나도 주말에는
아무것도 안 하고 싶은 날

별자리 너머

여름을 전하는 별자리
밤하늘 수놓는 날이면

유난히 반짝이는 별들이
동공을 채우는 날이면

할머니 무릎 베고 누워
올려보던 하늘 떠올라

할머니가 들려 주시던
그리운 옛날 이야기

할머니가 불러 주시던
구수하고 서글픈 노랫말

하늘의 수많은 별들이
우수수 쏟아질 것만 같아

눈물 대신 내리는 은하수
함께 흐르는 할머니의 노랫가락

높기만 한 별들의 세상
할머니가 보고 싶은 날에

웃으며 귓속말을 나눠 봤으면
할머니가 보고 싶은 날에

아름다운 이별은 없으니까

오늘로
연명 치료 거부
장기 기증
사인했다는 부모님

매일이 마지막인 것처럼
살아가겠다 하시며

자식들하고
이별할 때 후회하지 않게
남은 사랑도
전부 주고 가신다는 부모님

내새끼들
모나지 않게 자라주어
고맙다는 부모님

생애 끝나는 날

아름다운 이별 하자신다

영정사진도
이쁠 때 찍어 놔야지

나이 들수록
어린아이가 된다더니
벌써부터 왜 이러실까?
다 큰 딸 맘도 모르고

세상에
아름다운 이별이 어디 있다고

초대하지 않은 손님

실 그림자
하나 둥둥

낮이 밝을수록
그림자는 떠나지 못하고

헤집어봐도
사라지지 않는

두 눈을
찔끔 감고 도망칠까
여전히
발끝을 맴도는 그림자

먹구름 낀 낮에는
한 톨의 빛도 간절해지고

흐릿한 시선을 따라

힘없이 나부끼는
여기저기 조각난 퍼즐처럼

나의 심기를
불편하게 만드는 너
더 커지지만 않기를

빈자리

커다란 박스 상자 안
차곡차곡 개어둔 옷가지
꾹꾹 눌러 쓴 편지 한 장
파묻혀 있다

"제가 이 편지 쓰면서 많이 울었으니까
엄마는 울지 말고 웃으며 읽어주세요"

터져 버린 울음
기어코 참지 못해

도어락을 누르는 소리에
당장이라도 돌아올 것 같아
정리하지 못한 신발

18개월 짧다 짧다 하지만
네가 떠난 후로

하루가

24시간이 아니라

240시간으로 흐른다

여우 시집 가는 날

별일 아닌데
펑펑 울고 싶은 날이 있지

구름 한 점 없는데
갑자기 비가 오는 날도 있지

여우가 시집 가는 날이라서 그렇대
너도 펑펑 울고 싶었을까

방안에 틀어박혀
한참을 엉엉 소리내 울고 나니
탄산수 들이켜듯
속이 뻥 뚫린 기분

한바탕 울고 나니 허기지네
찬물에 밥 말아 김치랑 한 술

그 사이 비가 그친다

너도 속 시원히 울었니

비 온 뒤 하늘은
보란 듯이 청청하다
시원한 내 마음처럼
개운한 네 마음처럼

3부

가을엔
엄마의 이름을
불렀다

부메랑

길 가다가
예쁜 것만 보아도

집에서 혼자
맛있는 것 먹어도

친구들이랑
경치 좋은 곳 가도

유일한 목적지

출발지는 달라도
다시 너의 곁으로

마미 스페셜

아침부터
종일 내리는 비

겨울비인지
온 삭신이 찌뿌둥한 하루

비 오는 날에
생각나는 울엄마 김치전

묵은지 송송
파, 청양고추 어슷 썰고
껍질 벗긴 오징어도 툭툭

부침가루
튀김가루 반반 섞어

비 오는 소리
자글자글

노릇노릇하게 익힌다

대충 만든 것 같아도
내 입에 꼭 맞는 김치전

명자씨, 나의 명자씨

오늘은
명자씨 쉬는 날

우리의 접선 장소
우리은행 앞 벤치

사부작거리며
조조 영화도 보고
명자씨 좋아하는 초밥도 먹고
별다방 가서 커피도 마시고
같이 시장 가서 장도 보고

명자씨랑 노는 게
세상에서 제일 좋은
그래서 좋아하는 건
무엇이든 다 해주고 싶은

우리 명자씨도

내 눈이 닿는 곳마다
손에 쥐어주고 싶은
마음

명자씨가 사준
별다방 신상 텀블러

"딸, 다음 생에는
우리 엄마랑 딸 말고
베스트 프렌드 하자"

"콜~
명자씨 딸도
명자씨 친구도
당신만 다시 만날 수 있으면"

한 줌으로 담아
건네줄 수 있다면

오늘따라

더 큰 소리로 불러드리고 싶은

세상에서

제일 아름다운 이름

"나의 명자씨~"

해바라기 사랑

정작 돈 아끼신다고
셀프 염색 하시면서

딸들한테는
미용실 가라는 우리 엄마

"엄마, 나 요즘 통 밥맛이 없네"

말 끝나기가 무섭게
이것저것
딸 좋아하는 음식
바리바리 해 오시는 엄마

죄송한 마음에
택시 타고 가시래도
손사래
절레절레 치시는 엄마

한해 두해

본인 나이 먹으시는 것보다

내 자식 나이 먹는 게

더 슬프다는 우리 엄마

내 딸 힘들게 하면

그리 이뻐하는 손주 녀석들도

밉다시는 엄마

비가 오나

눈이 오나

늘 자식 위해 기도하시는

해만 바라보고

서 있는 해바라기처럼

해가

들지 않는 곳에서는

얼마나 작아지는지도 모르고

우리 삼 남매
평생 짝사랑하며

고왔던 얼굴
이뻤던 미소
점점 같이 늙어가시는 엄마

엄마별

눈에 밟히면
마음이 애리고

소리내 부르면
가슴께 뭉클하다

처음부터
하나의 탯줄로
연결되어 그런가

하늘 아래
엄마 없는 세상
상상할 수도 없으니

땅이 있어야
나무가 있고

낮이 있어야

밤이 찾아오듯

하늘에 박힌
해와 달처럼

내 속에 콕,
박혀 있는
엄마별

데칼코마니

갑자기
쏟아지는 소나기

자식들
비 맞을까 싶어
한달음에 달려 나오신 엄마

학교 정문에
우산 들고 옹기종기 서 계신다

여기저기
아이들 이름 부르는 소리

우리 엄마도 오셨을까?

두리번두리번
알 수 없는 눈빛
빗물과 함께 쓸려간다

>

신호등 맞은편
서 있는 친구

똑같이
비에 홀딱
젖은 모습에 깔깔거린다

하루가 멀다 하고

"별일 없니?"

"밥은 먹었니?"

"아이들은?"

"장 서방은 왔고?"

고무장갑 끼고
화장실 청소할 때
저녁 반찬 나물 무칠 때
운동하고 샤워할 때도

"별일 없는데..."

비슷한 대답
비슷한 질문

>

성실한 사랑에
오늘도 전하는 안부

끊긴 전화에
텅 빈 소리 쓸쓸해
다음 전화가 또 기다려지는

하루가 멀다 하고
페이스톡 하는 여자

붕어빵보다 더한

엄마가 좋아하는 송편
해마다 빚고

엄마가 좋아하는 오징어
날마다 볶고

부탁하지 않아도
몸이 먼저 가 있다

우리 막내고모 왈
"너는 애, 니 엄마 겉도 닮고 속은 더 닮았어"

고소하게 구워낸
붕어빵 하나 들고

엄마와 걷는 길
같은 손 같은 맛
꼬리부터 와앙

다만 함께라는 이유로

설익은 가을 단풍 나무
어느덧
깊어가는 가을 냄새

20년의 세월 동안
때로는 기쁘고
때로는 슬프고
그저 함께라는 이유로

늘 열심히 살아가는
당신 덕분에

짧다면 짧고
길다면 길었던 순간들

세월은 나를
두 아이의 엄마로
농녹한 여인으로 빚었다

오늘따라

그에게서 따뜻한 하늘 냄새가 난다

작별차(作別茶)

드높은 가을 하늘
어찌나 청명한지

하늘거리는 코스모스
붉게 물드는 단풍
대지를 쓰다듬는 바람

이토록 사랑스러운 가을

길가에 떨어진 나뭇잎
조용히 겨울을 재촉한다

쌀쌀한 가을 아침
너무 일찍 떠나는 손님과
따뜻한 커피 한 잔 마시고 싶은 날

가을 편지

설레는 맘으로
빨간 우체통 앞에서
서성거린다

주머니 속에
담아온 가을 향기

연둣빛 안부가
붉게 물들 때
후두둑 떨어진
안녕을 가득 담아
편지지에 실어 나른다
함께한
어떤 날보다도 더
진했던 가을
귀퉁이에서

외로운 고니

만석공원
산책길에서
우연히 만난 고니

가을에 날아와
겨우내 무리 생활하며
지낸다던데

이렇게 추운 날
차가운 저수지에 발 담그고

눈같이
새하얀 깃털
긴 목을 하고서

우아한 자태로
외로이 앉아있다

발 시리지 않을까
애먼 걱정을 하며

오늘도
너를 만나러 가는 길

가을 끝에 선
나와
함께 쓸쓸한 고니

4부

겨울의 온기를
건져 올리며

겨울의 조각

구름이 햇님을 가린다
이윽고
쏟아지는 하얀 별사탕

며칠 포근했던 날씨
온데간데없고
세상을 가득 채우는 은하수

헐벗은 나뭇가지
소복이 쌓여가는 눈

가지를 탈탈 털어
눈보라 날린다

벙어리 장갑 안
두손 가득 쌓이는
겨울 조각들

검정 운동화

무뚝뚝한 큰아들
첫 아르바이트
월급 받던 날
손에 들린 검정 운동화

"세상에서
제일 가볍고
편한 운동화예요
비 올 때
엄마 넘어질까 봐
밑창도 살펴보고 샀어요"

무뚝뚝한 녀석이
어쩜
이런 말도 다 한담

사계절
비가 오나 눈이 오나

매일 함께한

검정 운동화

오른발 왼발

걸음마다

아들 생각나는

검정 운동화

세월에 다 해지고

닳도록 닳았는데도

버리지 못하는

7년간 나를 지탱해 준

고마운 녀석

소풍 전야

내일은
놀이공원 소풍 가는 날

밤새 설레어
잠도 설치고
맞이한 아침

우리집
방안 가득한
고소한 참기름 냄새

식탁 위
가지런히 놓여있는
김밥 재료들

층층이
쌓여가는 탑

처음 썰은

김밥 꼬다리

누구 입으로 들어갈까

배고픈 아기새마냥

입 벌리고 서 있는 삼 남매

새벽부터

정성스레 싸 주신

김밥 도시락

후다닥 챙겨 메고

"다녀오겠습니다"

그때의 우리

헤이즐넛향
가득했던 카페

서글하니
시원한 바람 같은 눈매
햇살처럼
포근하기만 하던 미소

제부도의
빨간 등댓길을
차로 지나며

바다로
돌아가는 그 길만큼이나
훌쩍 지나버린 세월

지금도
제부도 어딘가엔

그때의

우리가 있을까

시간이라는 길 위에

나란히 새겨져 있을 발자국

부라보콘

"엄마, 아빠 언제 와"
6살 꼬마 아이
문지방에 턱 괴고 엎드려
6시만 기다린다

아빠가 퇴근길에 들고 오시는
간식 잔뜩 든 마법의 봉지

12시에 만나요
부라보콘

아이스크림도 먹고
과자도 먹고

아빠 퇴근하시는 시간이
제일 좋은
6살 꼬마

아이스크림 다 녹기 전에 만나요

목욕탕

갈끔쟁이 우리 엄마

새벽 5시부터
삼 남매 흔들어 깨워
집을 나선다

해도 뜨지 않았는데
비몽사몽 눈 비비며
따라나선 길

널찍한 탕에
옹기종기 들어가
몸을 불리고

비엔나 소시지처럼
줄줄이 의자에 앉혀
때를 민다

잔뜩 부은 얼굴로
손에 쥔 바나나 우유

집으로 가는 길
빙그레 미소 머금은
햇님을
그제야 만난다

사랑하는 둥이에게

언니가
친정에 가면
엄마보다 먼저 나와

별 박아 넣은 눈으로
살랑살랑 꼬리 흔들어 주던 둥이

언니가
식탁에라도 앉으면
간식 주는 줄 알고 아양 부리던 둥이

산책 가자
소리에 신이 나
이리 껑충
저리 껑충

신발도 신기 전에
먼저 앞장 서 나가던 둥이

내 하얀 솜사탕

꼬옥 안으면

뭉게구름처럼 푹신했던

우리집 귀염둥이 막내

그렇게

언니와 늘

함께 있을 것 같았는데

이별은 언제나 갑자기

눈 오는 겨울 오면

하얀 눈을 좋아했던

우리 둥이가 더 생각나

둥이도

언니 생각 하는지

친정 갈 때마다
네가 그립다.

그땐 몰랐던 이야기
부제: 부라보콘 2

그날은

아빠가 오시지 않았다

퇴근길 검은 봉지도

노오란 머리

코 큰 사람들이 사는 나라로

돈 벌러 훌쩍 떠난 아버지

청국장이

천하일미라 하시는데

치즈냄새로 갈음할까 걱정

외국 명절

따스한 가족 품 떠나

고개 숙이실까

어머니의 걱정을

그땐 몰랐습니다

엄마가 편찮으셨을 때도
우리가 아팠을 때도

촘촘한 기억 속
희미하게 자리 잡으신
아버지

…

나에게만 하얀
눈이 내리나 싶었는데

아버지의 머리에도
켜켜이 쌓인 눈

하얗게 바랜 머릿결
굽어진 어깨

함께한 세월보다
그리워한 세월이 길어
낯선 아버지

오늘따라
터덜터덜 걸어가시는
쓸쓸한 뒷모습

처음으로
달려가 잡아드린 아버지 손

"고맙다! 딸"
왈칵 눈물이 흐릅니다

마침내
차갑게 쌓인
눈을 녹입니다

여전히

6살 인생

맛보았던 세상에서

제일 달콤했던 부라보콘

중학생 되던 날

서걱서걱
가위 소리 들릴 때마다
무너져 내리는 마음

미용사 언니가
말을 걸든 말든
뚝뚝 떨어지는 눈물

엄마는
돈 계산 하시고
빨리 가자고 재촉하시는데

미용실 바닥에
너만 외로이 두고 가자니

자꾸만 밟혀서 떨어지지 않는 발걸음

종이학을 보내며

몇 달을
고사리 같은 손으로
천 개의 학을 접었다

한 번
날아보지 못할 종이학

하루하루
두 손 모아 빌었다

간절히
기도하면 이루어질지 모르니

「커피처럼
훈훈하고
우유처럼

부드러운 소녀가 되기를」[1]

나도
그가 대학에 합격하기를 바라며

천 개의 마음을 담아
종이학을 날려 보낸다

1. 크리스마스에 받았던 편지 내용

두 마음

국민학교 정문
삐약삐약 소리에

가던 걸음 멈추고
우르르 몰려 있는 아이들

눅눅한 상자 안
바둥바둥 노란 병아리들

좋알대며 애타게 찾아도
엄마 닭은 보이지 않고

"한 마리 100원, 두 마리 200원"
아저씨 목청에 묻히는 울음

등굣길에 엄마가 주신
100원짜리 동전

호주머니 속에서
들었다 놓았다 꼼지락

"아저씨, 병아리 한마리 주셔요
가장 이쁜 친구로 주셔요"

엄마 잃은
노란 병아리

꼬옥 품에 안고
집 가는 길

우리 엄마한테
혼나진 않을까

작은 심장 두 개가
한없이 콩닥거린다

그런 너라서

꽃 피는 계절에
실려오는
안온한 향기

나 홀로 겨울을
통과하지 않도록

부르지 않아도
와주는 너라서

원래가
새순 돋기 전이
가장 아프다

너무 높아지지도
낮아지지도 않도록

살랑이는 봄바람으로

온몸을 감싼다

나도 너에게
그런 친구이고
싶은 날에

남은
계절의 조각들
번외시

시간을 찾습니다

이름: 박기주

실종 대상: 20대 후반 여자 선생님

실종 시기: 1986년 신곡초등학교 졸업식 이후

외관 특징:
신장 160cm
진한 쌍커풀에 선한 눈매

특이 사항:
1986년 6학년 7반 담임
내성적이고 소심한 친구들에게 먼저 다정히 말 걸어 주심
세상에서 찐 감자를 제일 좋아함
도시락 못 챙겨오는 아이들에게 본인 도시락을 먹으라고 건네
주심
더 나이 먹기 전에 꼭 뵙고 싶은 선생님

> 희미해진 나와

당신의 시간을 찾습니다

축시

1974년
눈이 아주 많이 내리던 날
온 세상이 고요한 새벽

처음 겪는 두려움이었어
배는 자꾸만 조여오고
헤어진 친정 엄마 생각에
눈물이 자꾸 나는 거야

아파서 우는지
슬퍼서 우는지

캄캄한 터널 속
작은 빛줄기 하나 잡고

그때였어
갑자기 작고 예쁜 별 하나가
품안으로 들어오는 거야

그렇게 엄마가 되었어

어린 나이에 시집 와
아무것도 모르면서
너희만은

붙잡은 손 놓을 수 없었어

엄마는 이제 지지만
너희들은 활짝 피는
봄처럼 만끽하며 살기를

너희들이 있어
촘촘히 행복했으니

사랑하는
나의 딸! 생일 축하한다

용기 있는 고슴도치

뚱뚱한 몸매
짤막한 다리

풀섶에 딩그러니 외톨이
가시 세워 움츠린 밤송이

살금살금 다가가
말 걸어 볼까

온몸 가득
박혀 있는
날선 바늘들

어딜 집고
안아줄까

어딜 잡고
악수할까

고민만 하는데
데구르르, 톡

동그랗게 가시를 말아
몸을 순하게 여미고

먼저 굴러와서는
내 발끝을 톡톡,

"우리 친구 할래?"

11살 때 큰아들이 쓴 시

〈개에게 뼈다귀를 주세요〉

떠돌이 개에게
뼈다귀를 주세요

부잣집 푸들이는
뼈다귀가 많아
어깨가 우쭐하지요

떠돌이 개에게
뼈다귀를 주세요

서로 나누어 먹으면
더 맛난 뼈다귀

떠돌이 개에게도
우리 모두 친구가 되어 주세요

>

집도 주인도 없어

외로웠을 떠돌이 개에게

11살 때 작은아들이 선물한 시

〈우리 엄마〉

우리 엄마는
수호 천사이다

왜냐하면
내가 부탁하면
'뿅' 하고 나타나 해결해 준다

우리 엄마는
능력자이다

왜냐하면
무슨 일이든 척척 해결해준다

우리 엄마는
마음이 착하시다

왜냐하면
마음이 넓어서 형이랑 내가 싸워도
인자하게 대해 주신다

우리 엄마는
책벌레시다

왜냐하면
책을 좋아해서 많이 읽기 때문이다

우리 엄마는
척척박사이다

왜냐하면
내가 몰라서 물어보면
척척 대답해주기 때문이다

우리 엄마는
꽃이다

왜냐하면
내가 학교에서 오면
반가운 미소로 맞아 주신다

우리 엄마는
잔소리 대마왕이다

왜냐하면
꼭꼭 씹어 천천히 먹어라
잠자기 전에
치카치카하고 자라
학습지 밀리지 않게
매일해라
운동화 구겨 신지 마라

＞

매일 똑같은 말을

계속 하시기 때문이다

그래도 나는

우리 엄마가 세상에서 제일 좋다

맺음말

아픔은 갑자기 찾아온다. 하루에도 수십 번씩 발가락부터 엉덩이까지 저리는 고통을 겪었다. 이러다 젊은 나이에 앉은뱅이라도 되면 어쩌지 싶어 눈물로 매일을, 그렇게 2016년을 보내고 마지막으로 찾은 병원에서 '척추 수술 후 통증 증후군'이라는 진단을 받았다.

완치 판정이 어려운 질환이라고 들었다. 왜 이런 고통을 감수하며 살아가야 하는지, 끝을 알 수 없는 깊은 슬픔의 수렁에서 헤어나오지 못했다. 아플 때마다 진통제를 먹으며 버텼다. 부작용으로 종일 멍하게 앉아있거나 집안일을 제대로 할 수 없는 날들이 늘었다.

화장실을 가기도 힘들어 그 앞에 이부자리를 펴야 했다. 어느 날부터 중학교 3학년이었던 큰아들이 거실에서 TV를 보다 잠들곤 했다. 불편하니 방에 들어가서 자라고 흔들어 깨워도 녀석이들은 체도 안하고 잔다.

하루는 둘째 아들이 자기 형이 왜 소파에서 자는지 아냐며, "그거 엄마가 혼자 거실에서 자는 게 안쓰러워서 형이 지켜주려고 하는 거래요." 작은 아들의 말에 머리를 세게 맞은 듯 뿌옇게 변해 버렸다.

나의 아픔에 눈이 멀어 사랑하는 사람들을 살필 여유가 없었던 것이다. 너무나 미안하고 고마워서 어깨까지 들썩거리며 한참을 꾸역꾸역 울었다. 딸이 아프다는 이유로 하루에 한 번씩 우리 집을 오가는 친정 어머니, 본인보다 큰 딸을 하루에 한번씩 씻겨 주셨다. 나를 바라보는 가족들의 슬픔도 차마 헤아릴 수 없다.

이렇게 살기는 죽기보다 싫었다. 나를 둘러싼 이들의 사랑을 생각하며 구석에 처박았던 마음을 꺼내 숨을 불어 넣는다. 장장 4년간 삶과 힘겨루기 싸움을 했다. 약물 치료와 시술로 더디지만 나아지기 시작했다. 마비되어 움직일 수 없었던 오른쪽 다리도 조금은 움직일 수 있었고, 약도 차츰 줄여가 삶에 빛이 들어오는 것을 느꼈다.

느리지만 아주 조금씩 헤엄쳐 육지로 나오고 있었다. 결국 사랑하는 나의 가족, 나의 부모님이 계셨기 때문이다. 몸도 마음도 건강한 엄마이고 싶고, 건강한 아내이고 싶고, 건강한 딸이 되어 드리고 싶을 뿐이다. 내가 건강해야, 내가 행복해야 우리 가족들이 행복하다는 사실을 온몸으로 배웠다.

여전히 날이 궂거나 추우면 통증이 생기기도 하지만 이겨낼 수 있다는 마음으로 주어진 하루를 소중히 담는다. 늘 나를 사랑해 주고 응원해 주는 가족이 있고 나를 사랑하는 내가 있기에.

어느 하나 수월한 계절은 없었지만 더는 두렵지 않다.

수월한 계절은 없었다

발행일 2024년 7월 31일
발행인 김영근
저자 인영
편집 최승희

979-11-93471-09-8
11000